KB092235

아내에게 바치는

시와 고백

김철민 시집

시음사
시사랑음악사랑

시인의 말

계절이 넘어갈 때..
한 장의 빛바랜 사진으로 지난 추억을 회상하며
따라주지 않는 기억을 끄집어내려 합니다

설령 오늘이 연습생일지라도
조금씩 내려놓을 줄 알아야 한다는 공존의 시각은
수많은 얘기를 전하듯 바라다보는 그 삶은
일상에서 느끼는 감정들이었습니다

감정을 들어
한 점 한 점 흰 도화지에 위에 하얀 물감을 풀어보고
때론 검은 도화지에 붉은 감정도 발라보았습니다
그러면 일상의 감정들이 작은 점, 점들로 퍼져나가면서
덧칠하는 색상들은 모습들로 비춰주곤
거울 속으로 돌아와서는 나를 바라보고 있었습니다.

비친 나, 나와 너라는 그 사이에서
제각기 다른 언어, 느낌, 감정들이 공존하면서
가로막고 있는 것은 무엇인지
찰나의 시간이 될지언정 같은 사물을 보면서

울고 웃는 감성으로 기억을 벗겨보고자 합니다

뒤돌아보면 왠지 아쉬움.. 이를 보듬고 달랠 수 있는
성찰과 반성 그 위로 타인의 이목을 피해 회피하고자
숨기려 하는 감정도 캐내 보려 합니다

왜 그런가라는 물음과 삶을 돌아보는 시간을 가질 때
나를 보듬어줄 수 있었고
비로소 잘못을 구하는 용기도 생겨나는 것 같습니다

서툰 표현으로 어떤 의미로 다가갈 것에 대해서는
부족하면 부족하다 할 것입니다만
무엇보다 감정을 만지고 언어로 싹을 틔울 수 있도록
도와주신 모든 분께 고마움을 전합니다.

시인 김철민

♣ 목차

♣ 목차

♣ 목차

♣ 목차

미지의 문

기억에는 무엇이 남아 있는 것일까
끄집어낼 수 있는 것이 별루 없는 것 같다

아마 관심을 기울이지 않아서 인지
어른이 되어가면서
감정을 억누르는 기술만 습득했는지
솔직히 감정을 느끼지 못한 채

만약, 가슴 속 밑바닥에 가라앉은 감정들이
말초신경을 타고 심장을 더 뛰게 하는
설렘으로 다가온다면
미지로 다가갈 수 있는 문은 아닐까

유년시절 동경해온 문을 열면
감정이 열리고 그리고 기억에 남을 추억
한 장 더 끄집어낼 수 있도록 세길 수 있다면

중년이 지나고 노년의 얼굴에도
상기된 설렘으로
봄볕에 피는 아지랑이처럼
간직한 채 두근거릴 수 있을까

닫힌 문을 두드리며..

연꽃

물 위에 핀 꽃송이
아름다워라

미움과 증오의
흙탕물을 가까이하면서
범벅이 된 그곳에서
피어나려 하는가

고운 물 먹지 않고
찌든 때 물들지 않고
그 시련 보이지 않네

다가오고 있는 듯
넌 선녀의 또 다른 모습

고달픈 삶을
아름답게 피우네.

사랑아

사랑은, 사랑할 때 사랑인가요
사랑받을 때 사랑인가요
사랑은, 주고픈 만큼이 사랑인가요
받고픈 만큼이 사랑인가요

받아주지 않는 사랑은 사랑이 아니라 하면
사랑받을 때 느끼는 만큼이 사랑인가요
받아주지 않는 사랑은 작은 것이고
받아주는 사랑은 큰 것 인가요

사랑아 ~
이제야 좀 알 것 같아요
사랑은 주는 것이었어요, 받는 것은 덤이었어요
느낌이 없는 것은 사랑을 주는 것이 아니었어요
사랑을 받겠다면 그건 사랑이 아니었어요

사랑아 내 사랑아

나를 위해 당신의 손길만 좋아했어요

당신의 손길이 당연한 줄 알았어요

가슴 설레는 것도 나를 위한 것이었어요

그런 당신을 좋아하는 것도

나를 위한 욕심이었어요

이제 사랑을 이해해서 그런 것인가요

눈물이 나는 것도, 욕심도 내려놓게 하는 것도

사랑하는 것으로부터

영혼의 떨림이 오는 것이 느껴집니다

내가 그 사람 곁에 있고 싶어지는 맘

아 ~ 쉰 살 넘어 내 사랑이 느껴집니다.

겉모습

어찌 이리 닮아
거울 앞에 선 겉모습
웃음과 눈물 지우지 않네

그림자로 선 겉모습
웃음과 눈물은 보이지 않네

담 넘은 햇살에
속살이 장난을 친다

진실인 양
겉모습 두고 장난을 친다

속살이 울고 웃고
겉모습이 웃고 울고
서로 붙잡아 장난을 친다

속살을 가지고
햇살이 장난을 친다.

봄비 젖가슴

작은 연인들이 물방울 되어
하늘을 가리고 내려앉는다

넌 가늘고 굵은 모습으로 다가와
두드림으로 입술을 연다

가지고 온 생명을 품고 키워 달라
키스한 계곡에서 나체로 다이빙하면
이름 없는 식물들이 동물들이
젖가슴을 빨면서 새 생명을 품는다

천상에서 맺은 사랑하자는 약속
넌 기다리고 너는 달려가겠지

환생은 비를 타고
인연은 옷깃을 타고 적시면
넌 꽃으로 나무로 벌 나비를 찾고
넌 함께 온 태아로 엄마 품을 찾겠지

비가 입술을 열면 환생이 열리고
천상의 약속들이 들려온다

입술에 맺힌
새 생명의 울음에
천상의 여인은 젖가슴을 내밀어
비를 뿌리고 환생을 내린다.

자연인

두 손 움켜쥔 욕망을 들고
결단코 떨어지지 않을 듯
다 못 가진 듯

지질하게 살아온
가볍지 않은 무게에 눌러 붙어
가져야 하는 욕망과
버려야 하는 미련으로 나뉘어
점점 넓은 강 되어 퍼져간다

흘려보내야 하는 것을 아는 물줄기도
버리는 것이 아니라며
강 너머 짝사랑 되어 다가와서는

깊은 물살에도 용기를 내
실오라기 없이 벗어두고 헤엄치라 한다
새 생명에 외로움과 고독을 입혀
떨쳐보라 한다

마시려는 짝사랑
나의 그리움에서 피어나듯이
강 너머에서 손짓하면
욕망의 무게와 애착의 미련도 함께 자란다.

바램

수없이 스쳐가는 인연 속에
거짓과 가식으로 포장된 인연은
참 좋은 만남이라 할 수 없습니다

아픔까지 내 눈물로 씻어주고
상대방을 먼저 배려할 줄 아는
그런 만남을 위해
우린 긴 세월을 방황하는지도 모릅니다

행복은 스스로
만들어가는 것 중 하나가 선택입니다

미래의 삶을 위해
먼저 순수하고 투명해야
참 좋은 그림을 그릴 수 있듯이

설령 헤픈 실수도
나의 생각에 동의하고 박수를 쳐주는
그런 사람이면 더욱 좋겠습니다

어쩌면 그게
사랑으로 보듬어 주는
진정한 참 모습일 겁니다

참 좋은 인연으로
우리 함께 선택하였으면 좋겠습니다.

여름의 끝자락

유난히도 무더웠던 여름도
어느덧 불어오는 가을바람에 묻혀
떠나가려는가 봅니다

이젠, 여름을 아쉬워하는
매미의 울음소리도 알 것 같습니다

여름 내내 소리 내어 울지 않았던
떨어진 꽃들의 향기를 찾아
밤길 하늘가에 수놓은
별빛무리 속으로 다가가
밝은 한낮에는 들리지 않았지만
울고 있는 소리도 들어보려 합니다

남들이 알지 못하는 아픔을 헤아려
감싸드려야 하기에
두 손으로 만져보려 합니다

어찌하여 가슴을 적시고 있는지
밤이 가면 여름이 떠나고 있어
흘리는 눈물, 여기에 마음 숨어있나 봅니다

가을에는 향기를 가지고 달려올 임을..
별들의 가슴을 닦아줄 임을..
소리 내어 기다려 보렵니다.

가을의 기도

가을을 안고 오는 사람이 있다면

붉고 짙은 물감을 입혀
푸르고 시린 하늘에다 풀어
깊은 바람이 박히도록
오색색깔 시리도록 뿌려가며

하늘 다다른 봉우리까지
푸름으로 만나 단풍으로 뒹구는
그 아픈 가슴에다 물들이고 싶습니다

가을로 걸어가는 사람이 있다면

단풍에 시를 적어
산새들이 노래하는 길로
그 시린 사랑을 두고두고 재워가며

낙엽 가득한 품에서
단풍으로 떨구는 내 노래에
물들어 하는 짙은 잎을 감싸고 싶습니다.

콩잎

얼굴을 태우던
긴 여름날의 햇살

초록 땀을 연신 부채질하던 얼굴은
푸르고 시린 가을하늘 올려다보며
찬바람에 눈이 멀어
젖줄 같은 임 가슴에 노란 멍이 생겼다

바람만 스쳐가도
툭 잎을 떨구는 몸짓

푸름으로 만나
단풍으로 뒹구는 그 아픈 사랑
앙상하게 멍든 너를 달래려
그 아픈 사랑 가져와 적셔본다

온갖 양념으로 재워두고 물들여주면
어여쁜 너로부터
한 잎 두 잎 가을이 잡힌다

손끝에서 무치는 내음에
매무시한 단풍 든 콩잎 향기가 일어난다.

가을이 활활 탄다

흰 구름 더 높이 올라가면
쪽빛으로 물들어질 듯
파란 하늘 찌르면 색색들로 쏟아져 내릴 듯
하늘에선 색들이 뿌려지고
대지에선 땀들로 익어간 열매가 터진다

눈에 잡히도록 붉게
가슴에 박히도록 시리게
편안함을 얻으려고
너는 잎으로 열매로 쏟아 떨구며
빈 몸으로 간다

봄 여름날, 추억과 기억들을
만들어 내었던 그 많은 언어와 약속들이
서로 눈에 잡히지 않으려
널 만난 가식은 침묵으로 가고
날 알아버린 뽐냄은 알몸으로 간다

내려오는 듯, 불타오르는 듯
가을을 활활 태우고 서 있다
빈손 붉게 물들이고 서 있다

가을이 노을에 탄다.

어둠을 만져보고 싶다

이미 깨어있음에도
어둠으로 보이지 않아
볼 수 없었던 한낮에 가린 무의식의 존재가
일상에서 보고 느껴왔던 필름들이 멈추고
눈동자를 덮어 잠재운다

뽐내고 싶었던 욕망과
볼 수 없었던, 가려져 보이지 않았던
달과 별빛들이 깨어나는 밤에
이미 존재하였던 어둠에서
저 먼 곳이었던 무의식이 깨어 나온다

저 많은 어둠을 안아 보라며
달과 별을 안고 태양계를 보라며
저 넘어 어둠으로 존재하고 있었던
눈에 보이지 않는 무한대를

물질을 만졌던 손을 씻고
마음으로 보고 자연으로 그려달라던
무의식의 눈동자는
이미 존재하였던 저 어둠을 만져보라 한다.

봄의 소리가

며칠 전만 해도
먼 산
흩날리는 눈
꽁꽁 얼은 뼈마디

봄은
잠시 멈추고
눈 오는 날
꽃봉오리까지 울리는
어제 이야기가 추위에 얼었다

겨울과 봄
그만큼 거리
계곡을 타고 내리는
아지랑이들로
일렁이는 양지바른 곳에는

꽃망울에 맺힌
숨소리가
개울가에 앉아
품은 겨울 정에 울어 흐른다

왠지
저 너머

너와의 관계

생각을 열면
의식만으로 무한의 상상력을 부풀게 하듯
입김만으로 찻잔 속의 물을 파동일게 하듯
손짓만으로 저 너머의 사물을 움직이게 하듯

방법을 열면
언제 피었는지 알리기보다 향기를 간직하듯
익은 열매를 따도록 내두지 않고 떨구듯
대지를 적시는 구름은 떠 있지 않고 내려앉듯

지혜를 열면
부딪치는 일이 없도록 고개를 숙이듯
보여주기보다 향기로 존재를 알리듯
일깨워주기보다 칭찬에 가치를 띄우듯

나의 가치는
빛의 존재는 어둠으로부터 나오듯
어둠의 존재는 빛으로부터 나오듯
나의 존재는 너로부터 시작되고

나의 완성은

네가 인정해야 내가 있듯

내가 인정해야 네가 있듯

나는 너로부터 시작되어

너와 나는 맞물려 있습니다

너는 나의 눈으로 보고

나의 귀로 듣고

나의 입으로 말하고 있습니다.

신의 영역에서 만나자

달빛 머금은 숨소리가
태초의 빛으로 동공 속에서 깨어날 때
한 포기 풀과 한 그루의 나무는
저마다 영역을 따로 하고
수많은 식물과 동물은
신이 포용한 영역에서 잠들어 있고

나의 영역 저 넘어는
생각하는 진실의 경계선으로
두려움의 숨결로 뛰고 있었지

보이지 않는 끈들
마음으로 찾으려 할 때
연결된 사람과의 관계, 인간과의 관계
가꾸자 할 때, 이루자 할 때도

우린, 신의 영역에서
사랑하기 위해 태어난 존재로
만남이 시작되었다면
함께하려는 그런 마음에 꼭 안고 있었겠지

신의 영역으로
더 가까이 다가갈수록
서로의 생각을 읽고 쓰고 있었겠지

잠들었거든
태초의 빛이 감도는 신의 영역으로 와
우리 만나 함께 눈떠보자.

바둑알

인식의 한계가 뛰면
마음의 방향
생각은 어디로 가는가

앞면과 뒷면
동전의 양면을 지닌 사물이
보이고 가려져 있다

꾸러기로 엮어두면
긍정과 부정의 관계

선택에 조율되지 않은 기다림은
통증에 베인다

더 좋게 만드는 숙성의 과정은
틈새에서 부정을 뒤집어야 하는 이유다
뒷면도 사랑해야 할 긍정의 이유다

기회가 시작이 되는
그 미묘함에
이유 있는 한 수를 놓는다.

과거의 언어

괜찮겠지
무언의 언어

너와의 관계
무관심의 표현

일상에서
흔히 많이 쓰던 습관이
외로움을 느끼는 이유인가 봅니다

사소한
이 모습은
아주 작은 배려에서 시작하여
더 좋게
더 나쁘게 만들어

그 때문이라도
이제, 잘 지내고 있나
먼저 얘기하려 합니다

그 마음
폰에 담아 눌러갑니다.

행복 그 차이

못난 행동에도
두 팔을 내밀고
따뜻이 기다리는 마음에
황량한 바람이 불지 않았습니다

만남의 의미를 알면
살아가는 관계에 너와의 인연
참 좋은가 봐요

일상에서 만나는 행복
그 차이는
내면에서 나오는 울림인가요

장점만 대하려는 눈
격려를 건네는 말
편안함이 묻은 표정
속을 헤아려주는 마음

고급스러운 감각이
성숙함에
바램으로 익어갑니다

함께 있을 때, 알아가는 것
당신 때문에
내 나이가 먼저 익어갑니다.

봄볕의 향기

고체가 기체로 되는 물
영도에서 백도까지
그 지점

사고와 인식의
그 경계
햇살의 따스함이 무의식을 흔든다

보고 듣고 느끼는
생각의 한계는
긍정과 부정의 심리적 관계

사물은 저 너머까지
벌 나비를 불러들이려 꽃을 피우고
풋열매를 더 익히려
그 손길을 받아들이려고
원하는 그 경계까지 서 있다

그 지점까지는 햇살이 내려앉는다.

별 하나 꿈 하나

별을 닮은 당신의 얼굴
보석으로 내려와 어둠을 밝힙니다

큰 별 하나 따다 목에 걸고
작은 별 하나 곱게 볼에 찍어
꿈을 꾸며 사랑했던 소녀가
보석 되어 반짝입니다

별을 담아 하늘을 밟던
고운 자취로 거닐던 꿈길은
하늘에 박힌 또 다른 별에
노래하며 만져보자던 그 손길 따라

소녀의 사랑을
별 담아 만진 이슬로 눈물을 만들어
비 오는 밤 달콤한 유혹으로
창 너머 별빛을 감추곤 합니다

숨겨둔 긴 밤을
세월에 올려다 별 하나 부르며
별 찾아 헤매는 소녀의 꿈이 밤을 밝히면
숙녀가 된 딸의 가슴에서는
예전의 내 별들로 반짝입니다

내 별은 가슴으로 와 앉아
지난 추억을 녹여서 보석이 되었습니다

별 담은 당신의 얼굴
큰 별 하나 작은 별 하나
꿈을 꾸는 소녀 옆에는 언제나
별들이 반짝입니다

별을 헤는 당신의 눈동자엔
소녀의 모습으로 보았던
그때 별들이 흐르고
숙녀가 된 딸의 가슴에서는
당신의 별들과 함께 반짝이고 있습니다.

바람결

머릿속 점 하나
꼭 찍으면
웃음이 터지고

머릿속 점 하나
꼭 찍으면
욕심이 보챈다

잠시 지워버리는
머릿속 낙서

갈기갈기
온몸 멍 자국

점 하나 콕 찍어
만들어 놓였다.

꽃 잔

하늘담은 잔
빨아간 향기를 머금고

한 잎마다
빨갛게 익은 정열에
짧은 감탄사 !

땅딸이 자란 키
더 가까이
나이만큼 올리며
하늘가 물들어진 잔

한 잎 띄워 익어가는
빨간 향기는
임 견주어 철쭉꽃 들고
여심을 농락하며

누가 예쁘니
서로 다투어가며 거울을 본다.

자비도량

빛과 어둠
생각 하나하나에 솟는 속삭임이
뚝뚝 그릇에 담긴다

희고, 푸르고, 검게
제각각 섞어져 쥐어짜면 회색물감
보이는 대로 듣는 대로
번뇌가 번개를 친다

붉은색, 연두색
아픈 만큼
감정의 아름다운 색
등 돌려 다가가 안아주는
그런 사랑을 입히려 걷는다

뚜벅뚜벅
공간을 걷는 감정이여
녹색 줄기 타고 피어나는 소원등 하나
불 밝히려 두 손 모아 봅니다

버거워할 땐 하얀색
아파할 땐 붉은색

유리한 쪽만 보고 듣고
불리한 쪽은 감춰 버리는 일상의 삶이
또 등불을 켜고 번뇌를 시작한다.

오월의 장미

타다가 남은 속살로
한 아름 사랑 기대고
긴 목을 딿아 올렸다

나부끼는 속삭임은
눈동자에 숨어있는 별을 깨워
바램으로 그리는 밤을 밝힌다

아픔이 울다가 지새고 핀
한 잎마다 붉은 장미꽃

묻어둔 깊은 사랑 꺼낸 뒤에도
몸으로 불러야 하는 금지된 사랑에
눈물 박히어 가시가 돋았다

널 생각하는 사랑 송이송이
다시 내 걸고는
유혹하려는 그때의 추억
입술 한입에다 언약한 긴 아픔 깨물고 있는
중년된 사랑에 물들어 오면

내 마음도 사랑했어요
장미 한 아름, 못다 한 사랑
달콤히 앉아 이야기 꺼낸다.

동네 한 바퀴

비벼대며
밤하늘 올라 딴
어릴 적 추억

놀아주던 그 곳엔
오줌싸개가 담벼락 뒤에 숨었다

조무래기 대여섯
긴 막대기 차고
골목에는 개구쟁이들 웃음으로
놀림감을 찾고 있다

그 녀석들

동네 한 바퀴 여태 돌아다니고
꼭꼭 숨은 시간 뒤
쌓인 먼지만큼
만지면 기억 부스러질 때 까지

꼭꼭 숨은 그 녀석들
이다음 놀러 와서는 골목에서 튀어 나올까.

6월의 함성

창공엔 날갯짓 끊고 멈춘
호국영령의 총소리
그날의 진실

동포의 심장에 쏜
서로 아픈 절규

용사의 죽음
부끄럽지 않게
욕되지 않게

산 자여
무슨 설움 그리 토하나

위패에 새긴 그 이름은
후손들을 위한 생명줄
무얼 지키려고
목숨 하나 전부 내 주었나

마음의 고향으로 와서
목 놓아 부르다 잠들어 있네.

호국의 꽃

꽃으로 피어서
부르는 이름 없어 까맣게 탄 가슴이여
알아주는 이 없는 소리여

긴긴날 잠 못 들어
먼발치에서 그림자 길게 다가선
그 이름 불러주던가요

저 멀리서
빨강 노랑 짙게 물들일 때
이름으로 불러주던가요

웃고 울던 속가슴을
새가 와서 물어다 핀 꽃이라며
매만져주려 하지는 않든가요

그림자 밟고
긴긴날 그리움에 우는 맘으로
이름 부르고 있는 꽃이여

그리워하였던 그 이름을
이젠, 불러드리려 합니다

그대 이름으로 숨 쉴 수 있기에
그대는 나를 지켜주고 있는
내 마음에 핀 호국의 꽃입니다.

잡념

나에게도
사랑이 있고 상처가 있다

없는 형체
하나 끄집어 만들면
하얗게 까맣게
감정이 일어나고

마음으로 와닿는
그 무게는
무형의 생각

한 점 일어나고
흩어질 때

너의 표정은
새로움을 열어주는 문

감정이 성장하면
아픔에 아픔이 보이고
기쁨에 기쁨이 보인다

기쁘고 슬픈 느낌으로
나에게는 사랑이 있고 상처가 있다.

이유

바다가 좋아서 넌 여기서 사니
산이 좋아서 넌 여기에 사니
먼 길 돌아 돌아서
비친 모습

기억의 문 열고
영혼의 날갯짓하다
파도에 깎이어 부서지는 설렘들

가질 수 있는 기억으로
그곳의 문을 열 수 있니

웃음이 좋아서 하하 웃고 있니
사랑이 좋아서 하하 웃고 있니
물길 돌아 돌아서
비친 모습

내 맘 가져가
좋아했어요, 사랑했어요
세월에 깎이어 부서지는 추억들

가질 수 있는 기억으로
그곳의 문을 열 수 있니

가고 싶으면 갈 수 있는 곳
보고 싶으면 볼 수 있는 곳
이 고통은 무엇인가요

이내 말라버리는 추억
잊어 모르는 아픔
이대로 달래야만

가질 수 있는 기억으로
그곳의 문을 열 수 있니.

매미

용광로가 하늘을 지나갈 때
연신 울어대는 매미가
커다란 잎사귀 기공을 열어 하늘을 식힌다

그 아래, 땀 내음 송송 뿜어내는
나무들의 늘어진 세포들이
풍덩 풍덩 개울소리가 들리는 환상을 갖고
꿈꾸는 단잠이 보인다

눈까풀 사이로 더 얇아진 옷깃에다
화장을 하고 부채질하는
인상들이 비치면

유독, 속을 감추려 하는
열기 가득한 한낮의 부끄러움만
추위에 목마른 옷으로 에어컨을 켜고
온종일 부자연스러움을 만들어 내고 있다

한낮의 경계에서도
한마디 단어만 있어도 소통하는 매미가
저곳으로 맴~ 소리를 날린다.

핑계

아득한 길로
무언가 좋아지겠지
헤치고 살아온 대견스런 생명력이
핑계를 댄다

내다보면 제자리
돌아보면 아쉬움
어린 시절 붙잡고
어른 되기를 갈망했지만

한번 잡아본 시간
한번 잡아본 기회
텅 빈 채로 채워지지 않아
기억의 상실로 초라한 핑계를 댄다

또, 한번 잡아보려는
깨어나려는 인식

빈 가슴을 열고 닫으며
나왔다, 들어갔다
담을 수 있을 만큼 핑계를 댄다.

당신을 울려요

내 사랑이 당신을 울려요
웃었던 기쁨도, 참았던 슬픔도
시간 지난 만큼 행복이 달라졌나요

무디어져 간 사랑
담아서 고마워해야 할
뭉클하고 애잔한 감동은 어디로 떠나갔나요

내뱉어 버리면 뻥 뚫리도록
삼키어버린 달콤한 사랑을

용서할 수 없다면
마음을 비비는 눈길마저
얼마나 더 필요한가요

그대 앞에서 추억을 먹어야 할
내 사랑이 당신을 울려요.

여름이 가네

그을려진 노을에서는
사그라지지 않는 한여름 열기로
타다가 남은 사랑에 칭얼대고

뒤척이는 까만 밤은
지친 눈꺼풀을 달래는 일렁이는 바람
인내를 감수하라며 쩍쩍 달라붙는 땀줄기가
얇은 지갑을 열고 누진된 요금 앞을 막아선다

여름날, 그나마 살맛 하였거늘
없는 놈의 다음 주 예보가 튀어나온다

호탕하게 큰소리로 에어컨 돌려
선잠을 자는 꿈자리에서는
인간의 욕망에 실없이 기댄
폭염이 누그러지겠다는 말

더위가 꺾인다는 내뱉은 그 말보다
태양을 공전하면서 보여주는
24절기 중 열네 번째 절기인 처서

가을바람이 불어오기 시작한다는 그 말에

아 ~ 여름
사랑이 지나가고 있네.

여름의 뒷자락

영원히 사랑하겠다며
그 여름날 내뱉은
불꽃같은 약속, 그 말은 거짓말

피부에 앉은 감각들이 영원할 것 같았지만
이젠 사랑할 수 없다는 그 말도 거짓말

달랑 추억만 남기고
떠나가는 세월의 하소연이
맺힌 속 눈망울의 여운마저
남은 약속마저 씻어주려
저만치 하늘을 날고 가을이 섰다

세월은 흘러가며 약속까지 저버리는
짧은 시공간에 떠 있는 뉘 마음인가

이제는 시간의 마음으로
미소 지으려 아득히 머나먼 세월을 마주보며
추억 불러본다

그 여름날
영원히 사랑하겠다는 말로
그대 향한 내 마음은
애태웠던 세월에 파인 거짓말

천개의 강으로 주름살 되어
비쳐 물들어간다.

가을의 색

가을을 만나러
마음 가져온 당신
한번 줘버린 가슴에다
가을을 또 입혀 보렵니다

당신 품에 앉아
가을 따라 가겠노라 내뱉은 말
쌓이고 쌓인 말

기억에 남아 있는 당신이
메아리칠 때
가슴에 끝없이 새겨진
그리워하였던 속삭임이었죠

과거 속에서 만든 흘러간 시간은
사랑한 상처에
몸부림치는 오색물감이었죠

비워둔 가슴에다 채워 보렵니다
당신이 메아리칠 때
푸른 물감을 뿌려 보렵니다.

사과

꽃잎 지던 날
흘린 눈물
어루만져 맺힌 망울 그 자리

한여름 뜨겁게 달구었던 몸짓
우리 사랑 어이 할까요

기다림에 터질 듯
부풀어 오른 빨간 가슴으로
그리움 달린 사과

가을 열어 얼굴 내민 하늘로
받은 사랑 이만큼 익어가나요

가을비에 성숙해진 연인으로
저 멀리 말 못하는 대신
지금 능금 같은 사랑이
하늘 따라 서로 바라보며 익어갑니다.

다가서지 못하고

내 맘에는
밤마다 별 따며 그리워하는
사랑이 있습니다

당신 가슴에 내가 없다고
못다 한 사랑

저만치 걸어와
방황하며 할 줄 몰랐던
못다 한 사랑

괜시리
남은 사랑으로 부르는 것은
못다 한 사랑입니다

단풍으로 물들어져 가는 내 맘
변해져가는 내 맘
가을은 어디에서 오고 있나요

단풍잎만 바라보는
나만의 사랑이 날갯짓을 합니다

당신이 온다는 풍문은 어디쯤 오고 있나요
남아있는 사랑으로
나만의 사랑 불러봅니다.

바람개비

앵두 따다
감춰 살며시 내미는
가을을 닮은 당신의 마음

계절은 뒹굴며
벗겨지고 떨어지는 흰 속살은
가득 묻힌 가을로
빨갛게 노랗게 서로 모르는 채 익어갑니다

바라볼수록 향기에 마비된 채
멍하니 돌아가는 바람개비로

노을에 매달려 있는 내 마음은
석양에 발그레 걸린 당신을 향해
더 높이 그리움을 함께 나누었던 색

그리움 쥐고 가득 묻힌 가을향기에
양껏 취해 돌고 있는
난, 바람개비입니다.

시월의 가을

고운 물감 찍어
온몸 물들인 노을 속에서
단장해 있는 시월의 모습을 봅니다

단풍으로
내 맘 적어 애태우던 날

고운 색 넣어
이 맘 물들게 뿌리려고
당신은 가을을 빗고 있었나요

가슴 속 드러낸
가득한 내 마음 속삭임을
방울방울 매달고 물어 나르는 당신은
당신의 가을을 빗고 있었나요

고운 정, 미운 정으로
서로 물들게 하려고
난, 긴 이야기로 써 내려가며
시월의 가을을 빗고 있어요.

가을비

우산 속, 투닥투닥
사랑은 잠시 영원 속에
머물다 떠나가는가요

아쉬움 버릴 수 있다면
먼 훗날 추억이 될 것이라
잡지 않고 적셔 주시나요

가을비
투닥투닥 우산을 쓰고

여름날 내버려 두시고
흘러가도록 투정하는 비로
하고픈 말 쌓아두지 않게끔
가을비 풀어 토닥토닥 안아드리나요.

인어의 눈물

구름과 파도
낙조 빛 적셔대는
저 너머의 수평선을 맞대고

적도의 끝으로 와
낮과 밤을 내뱉고 별과 달을 올린다

별들이 떠다니는 바닷속은
부딪치는 밀물과 썰물로
만남과 이별

물질하는 파란 멍에
인어의 비늘이 파도에 헤엄친다.

홍시

두 팔 벌려 익은 마디마디
사랑인 줄 알았지만
알알이 익은 눈물로
빨간 심장 간직할 줄 몰랐어요

빗어둔 님 색깔 매달아
속살 보일 듯 물든 맘
금방 툭 터질 듯
달래면서 바라볼 수밖에 없는
붉은 나의 사랑 내걸고

찬바람 부시는 날
파란 하늘 잡으려
하늘하늘 날려보는 일렁이는 손짓들

스쳐가는 바람이라면
돌아누운 가슴 내보이고

파란 하늘이라면
익은 몸짓으로 대답하려는
끄집어내 보이는 빨간 심장

꿈이 깨어날 때

타인과 저울질해대는
꿈에나 보는 세상에서는
온통, 오래도록 잊었던 저편에 버려진
모른척한 돌무더기와 쓰레기들 같은
눈물 젖은 작은 조각들이었다

방치하였던 잠재된 욕구가
머릿속을 해독하며
힘들 때는 밀물과 썰물로
겉모습에 속 모습 이해할 수 없다며
가슴 속을 들여다본다

깨어난 존재만으로 세상 멈추고
이미 태어난 잔상들은
완벽하지 않아 불안한 것이라며
내일의 미래를 만들어 제시한다

완벽하지 않아서
홀로, 가슴 저미는 저 소리는
멍 열릴 때, 꿈에나 보는 세상이다

가져야 하나 보내야 하나
머릿속만 믿어버린 꿈에나 보는 세상
가슴 속이 깨어날 때
새로운 꿈 풀이가 고민을 시작한다.

가을 단풍

낙엽으로 옷 갈아입고
떨어지는 날
그저 바라볼 수밖에 없었어요

햇볕 쬔 그림자는
단풍으로 비친 얼굴
바람소리 일어나는 곳에는
껴안고 달래는 여름날 이야기

화려함의 뒤 자태 그 모습은
흔들리는 잎에 붙어있는 속삭였던 햇살과
마른 가지에 앉은 안쓰러움

정을 떼려 이별을 통보하는
떨어지려는 잎마다
수북이 쌓아두려는 그 몸짓들은
눈에 밟히는 널브러진 낙엽들

몸의 일부가 된 사랑의 그림자가
깊숙이 심장에 꽂힌 줄 모르고
불꽃사랑 더 높이 하늘하늘 올린다

가을이 훨훨 타고 있다.

똥통이 굴러간다

한 겹 두 겹 포장하고
여기저기 널브러진 쓰레기들이
대신, 불량스럽게 바라보고 있다

귀중한 양 거부감 없이 지닌
방귀 통 소변 통
세포주머니에 담긴 내용물

쏟으면 오물, 지니면 몸의 일부
단물은 먹고, 쓴물은 남은
심장의 에너지, 사랑의 에너지

해부하여 뒤집어쓴 독박은
볕에 쬐어 그림자가 생겨버린 탈선과 오해

쓸어 담지 못한 독박 쓴 몸통이
똥통으로 굴러가고 있다
포장되어버린 채로
널브러진 쓰레기들로 서로 바라보고 있다.

고민과 변명

모든 고민의 출발점은
타인의 그림자가 드리워진 인간관계

아무것도 변하지 않았지만
이미 주관적 선택을 하곤
마주보는 이 상황을
받아들일 수 없다며 이대로 멈춰서 있다

상처받는 것
두려워 회피하고 뒤로 미루면서
아무것도 변하지 않았는데
구실을 붙이고 있다

인생의 과제에
여러 변명을 만들어
삶의 목적을 피력하고 있다.

간섭

저것
아니 이것

네 생각
아니 내 생각

받아들이라
황당한 요구

낫다
하지 않지만

낫다
자랑 감추는

그걸
이해 못하는데

저것
이해할 수 있겠니.

겨울풍경

숨을 쉬는 새순의 향기가 뿌리에 박혀
서로 다른 기억으로 꿈틀거릴 때

심장을 뛰게 할 수액은
양지에 녹아든 신록의 꿈을 찾아서
꽁꽁 얼은 졸음을 깨운다

등껍질에 붙어 깊이 박힌 줄기에서
계절을 가꾸고 있는 또 다른 햇살은
인고의 기다림으로 얼음을 깨고 나오며
눈꽃으로 벌거벗은 나뭇가지를 탄다

물이 얼어서 하얗게 굳어버린
잠자는 시간에도 모든 걸 떨구고
왜 빈 몸으로 있어야 하는지

새순이 돋아나기를
가지에 붙은 추위가
꽃봉오리 치켜세우며 산통을 준다.

겨울 그 길에

동토, 저 밑바닥
햇빛을 원하는 식물과
먹이를 탐하는 동물이
숨어있는 움직임으로 탐색을 한다

그 길에는
겨울에 채워지지 않을 것 같은
볕이 봄의 경계를 드나들고 있다

먼 산 아래까지 무심히 내딛는 발
나를 받아주는 그 곳에

너로 인해 새싹이 돋아나며
늘 그랬듯
바램으로 품었던 기억들이
인고의 끝자리로 다가와

겨울, 그 길에서 구르며
볕이 넘나드는 그 길로 와 가슴을 연다

기다림은

넌 나를 생각하는 사람으로

난 너를 이해하는 사람으로

서로가 서로를

물들이는 사실을 잊은 채

볕이 따라 와 걷는다.

아침 커피

널 좋아하고 있나 봐

온몸 내어 채워주는
코끝으로 잠시 머무는 향기로

손짓으로 만나
아침으로 거리를 유지해도
널 잔에 담을 수 있어서 좋아

컵에 채워지는 만남을
넌 우연이라 불러도
난 인연으로 만나는 시간이야

꼭 잡으면
소리 없는 뜨거움도
너로 인해 내 마음 더 좋아지는 걸

널 만나면
뭐가 그리 좋은지

아마 너도 날
굿모닝 하며 열어주는
아침을 좋아하고 있나 봐.

불놀이야

시린 창공에 걸린 달빛
얼음 밟고 두 손 가득 모아
여기다 걸어두고 불을 올린다

봄여름 수없이 스쳐지나간
이 자리에서
기원하는 생각들이 서로 모여 불을 올린다

채워지면 고마움 같지만
더 채워질 것 같은
넘침에서도 불을 올린다

불 올리면
달집 태워 가며 웃어야지

불을 다스리겠다면
영혼이라도 꺼내 달집으로 웃어야지
이렇게 저렇게 요렇게
불을 올린다

이런 걸
불놀이야, 불놀이야 ~

봄빛

봄 향기 한 아름
아지랑이 피는 언덕배기에
꽃 가득 눈을 씻는 잠꾸러기들이 나와

유리 창문에 부시는 봄빛에
머릿결 적시는 봄 향수 가져와
졸음 쫓는 뜨락에 앉은 내음에 미소 짓는다

꽃봉오리 톡톡
봄 머금고 향기 열어
내려온 봄은 임의 그 자태

저 먼 곳
마음 전하고픈 나의 바램이

달려오는 소리에
살랑살랑 임 깨우러 나간다
정을 나누러 오시려는가.

사랑이 온 줄 알았네

저 넓은 대지에
잠든 야생초가 흔들어 깨운다

긴 줄기 껍질 벗겨내고
얼음 잠을 자면
사랑은 변하질 않을 줄 알았네

눌러둔 땅에
물소리 가슴 적실 때는
잊혀간 사랑 다시 온 줄 알았네

야생초 질긴 뿌리로
꽃 피워 올리겠다는 약속
사랑이 뭔지 몰라
그 꽃잎 계속 피우고 있는 줄 알았네

겨울 지나면
사랑이 다시 올 줄 알았네.

매화 피는 길

산자락 길 따라
굽은 강이 흐르는 들녘

물안개 스치며
아지랑이 실어 나르는 기차소리에
눈웃음치며 달려와
꽃 포개어 상춘객 마중 나가시나

이미 입 맞추어
품에 물들어 있는 뺨

풍악으로 기다림 녹여주며
눈길 던지는 내 맘
달래고 있나

산자락마다
내 고향 물들어 오면

봄 어디 두고
내 맘 어디 둘까
왜 흩날리려고 장단 맞추시나.

가슴앓이

세월, 저만치 흐르고 난 뒤
맴돌다 지친 가슴으로 토하지 마오

자신 없어 머뭇거린 시간
먼 희망까지 팽개친 날들로
뭉쳐있지 마오

순백으로 앓아
가슴에다 적는 말
미안하오

이젠, 너무 멍들어 있기에
미움받는 말이란 걸 알면서
말 못하겠어 이렇게는 하지 마오

그 옛날
나 그대 사랑하오

그건 도깨비 가슴팍에
깊이 들어와 당신을 부르는 소리였어
들리지 않게 부르고 있는 가슴앓이이었어

가까이
안쓰러워 나를 울리고 있는
박혀있는 말이었어.

구름 스치는 밤

매화 지고
진달래가 피는 밤에
검푸른 하늘에다
흰 구름 모자 쓰고 달과 별로
푸른빛 눈동자 감추고 광대놀이 펼쳤지

이야기 푸는 몸짓거리는
이 밤에 보여주려는 연극이라며

이마에 입술 맞대고
초롱초롱 무대조명 밝혀가며
작은 별 숨었니, 나왔니
머리에다 붙였다가 눈동자 내밀고 있었지

흰 구름 모자 속
예쁜 별 넣었니, 꺼냈니
입술 달 꺼냈니, 넣었니
웃기려 꾸미다가
훌라 당 대머리 먼저 나왔다 했지

창공에 핀 꽃

구름모자 쓴 야화가 웃네

먼저 핀 꽃잎이 떨구는 줄 모르고

구름 스치는 밤에 웃고 있었어

꽃잎이 바람결에

밤을 올려다보며 떨구고 있는 줄

몰랐네, 구름 스치는 밤에

봄 물들어

이 봄을
이토록 아름답게
품고 품어 꽃을 피우네

아픔을 알면서
여인네의 모성애로
품고 품어 꽃을 피우네

꽃잎에 맺힌 멍울
떨어지면 어찌하려고

핀 꽃 보내야
씨앗 열리는 것을
이 눈물은 어찌하려고
이것 또한 사랑인 줄 아시나 봐

목련, 진달래, 벚꽃, 곱게 차려입고
이 봄을 바라보고 있는
저 시선은 누구이시길래
말 못하고 봄을 물들이나

이 시선 또한, 어찌해야 멈출 수 있나
너 안에 이미 들어와 일렁이는

이 봄을...

봄비 훔치다

희고 붉게 물든 꽃
잎사귀 틈새마다
연초록 방울방울 맺힌 그 색깔
누구를 머금으려고 봄비로 빚고 있나

구름 담금질하며
화폭으로 올렸다 내렸다
누구를 그리려고 봄비에 젖고 있나

가슴을 스치는 빗방울
떨어질수록, 흘러갈수록
가까이 다가와 봄비로 멀어져가네

봄비 내리네
마음에 담아서 적셔오네
가슴에 남아서 떨어지네

이것이 봄비인가
내리고 뿌리네
봄비로 즐기네

아 ~
이런 날 봄비를 훔쳐 널 마음에 담아보네.

내 그림자

못다 한 이야기가
내 맘을 붙잡고 있는 밤이어라
남몰래 묻어둔 상념 하나가
타들어 가는 밤이어라

이 밤을 깨워서
가슴 두드리면 어찌합니까
속삭임을 던져
까맣게 장난치는 그대는 내 그림자입니다

눈동자에 들어와 우수수 떨구면
별들로 그대를 볼 수 있을까요
떠다니는 눈 속에
머물러 있는 그대를 볼 수 있다 길래
피고 지는 맘으로 그대를 싣고 왔건만

가슴속에 앉아 나오지 않으면
그대여, 언제쯤 모습 드러내려 합니까
내 맘속에 머물러 있는
그대를 두고 난 이렇게 잠들 수 없습니다

내 그림자로

떨어지지 않는 그대를 두고

어찌 달래려고

상념 하나로 두드리는 가슴으로 있어야 합니까

잠 못 들어 하는 이유를 알기에

그대는 내 그림자로

날 마주하면서

날 받아들이지 않고 있기 때문일 겁니다

그대를 담지 못하는 작은 내 가슴에

들어와 있는 나는 또 그대랍니다.

꽃말

너는 나에게 다가와
이름을 짓고 불러 주었어

말을 배우기 전
아가, 예쁜 아가, 이다음엔 고놈이라 했어
그래도 난 알아들었어
말보다 웃는 모습이 날 부르고 있다는 걸

어른이 되어서도
난 너에게 다가갔지만
예쁜 이름 만들어 불러주지 못했어
있는 이름 그대로 불러주어도 넌 좋아했어

꽃이라는 존재만으로
태어났다고 좋아했어

넌 알아들었어
말보다 널 따라 웃는 모습을
보고 있다고 했어, 꽃이질 때까지
너는 나에게 다가와
이렇게 불러 주었어

이름에다 꽃잎 붙여
꽃말 지어다 애기아빠 그리 불러 주었어.

무풍한솔 길

천년 숨결
계절 따라 빚어내는 길에
백 년 솔향기 감도는 운무가 걸어갑니다

생겨나는 한 점, 내면에 없어지는 한 점
흐름의 잔상을 들고
줄지은 연등을 타면서 산사로 들어갑니다

달라붙은 송진을 비추어
등껍질 갈라진 푸른 솔가지를 깨우며
禪의 소리도 따라갑니다

인고를 간직한 채
허리 굽은 샘물은 노송은 돌고 돌아서
석등마다 수백 년의 염원을 비추어가며
공양하는 영혼에 불 밝히려 나옵니다

그 길로 걷고 걸어가면
범종으로 고요히 떨구고 있는
한 떨기 수채화가 그 속으로 따라갑니다.

무명초

이름조차 알 수 없는
꽃들이 피어날 때
내 초라한 겉치레는 벗겨졌다

읽을 수 없고, 불러볼 수도 없는
그 이름으로

무지의 만남이 시작되고
본능이 꿈틀거리는 첫날에는
우는 울음과 웃는 웃음에 재롱까지..

일어나는 고운 살결은
낯설은 부끄러움을 지닌
꽃잎 한 닢이었다

네 뒤에 숨어서
이름 불러주었던 기억 또한
꽃말 비집고 팽개치며
널 작은애기 이렇게 부르던 때가
내게는 봄날이었다

당신은 그때 작은애기 모습
내 가슴엔 무명초 하나
꽃 같은 봄날에
겉치레조차 벗기며 훨훨 날아오르고 난다.

사월의 꽃

미소를 띠어
그대를 만날 때
그대는 사월의 꽃향기

사랑에 빠진 이 마음은
그대 보고픈 마음이어라

준비 없이 다가선
내 마음 쓰러져 아파라

그때 다 바치며 바라보았던
아주 먼 곳 같은
같은 그 자리

오월의 유혹
그대의 꽃향기가 또 다가오네요.

오월의 사랑

그대의 사랑을
저울질해 보고 싶어

내 목소리 들려주면서
좀 더 다가가 붙잡고 싶어
가까이 이름도 부르고 싶어

네 맘, 아직도 날
기다리는 사랑이라 생각해
난, 그리 믿어
철없는 사랑, 이해하니까 그리 믿어

이제는 사랑에 눈 뜨고 싶어
맘으로 소리는 내지 않았지만
넌, 눈빛으로 말하는 것 같아

뭉개 뭉개 구름을 만드는 그대를
오월의 가슴팍에 넣어두면 볼 수 있을 것 같아
너의 목소리는 한 송이, 두 송이, 꽃송이로
넌, 혼자 얘기를 하는 것 같아

묻고 싶어, 알고 싶어
진한 색색으로 피어나려는

그 의미를...

연등

비워둔 가슴에 담은
빨, 주, 노, 초 불빛
순백의 몸을 타고
피어난 노란색, 주홍색
어린아이 심장에다 쿵쿵 물들게
그려보는 본래는 하얀색이어라

보고파 스쳐 가면, 색깔
못 잊어 다가서면, 불빛

태고의 참선 하소연하듯 바라보는
내안의 그리움이어라
찾아오면 받아줄 것 같은
이 몸의, 영혼이어라
이 몸의, 사랑이어라

발현, 어디서 나오는지
그대도 모르는 나의 사랑입니다
이길 가득 자비의 색, 사랑의 빛
물들며 밝히고 있는 하얀 가슴입니다

산사로 가는 빨, 주, 노, 초
내 맘, 가득 켜놓고 있는 등불입니다
내 맘, 다 드러내 놓고 합장하는 가슴통입니다.

두 지점, 핀 꽃

마음속에 머물러 있는
내안에 핀 꽃
옛날에 새색시 웃음 따던
젊음 그 이름

다시 꽃으로 피어나
시간의 벽을 두드린다

피고 진
어제의 그 그림자
떠올리면 알 것 같아
스쳐 지나가도 알 것 같아

별들이 반짝이는
긴 이야기들을
다시 들을 수 있을 것 같아

옛날, 유성처럼 스친
인연이 흐르는 소리도
다시 들을 수 있을 것 같아

두 지점, 꽃으로 핀 얘기
계절이 넘어가더라도….

가뭄, 장맛비 내려

갈증의 고픔을 달래는
햇빛 쏟는 들판마다
하늘에 잔뜩 기댄 눈치가 북적인다

이리 길어질 줄 몰랐어
물소리 대신
땅을 파는 기계소리 밤새 울어대고

장맛비 기다리다 지친
뜨거운 공기는 지붕 위에 앉아
목을 길게 내밀고 있는
내내 흐린 날씨

길 잃은 빗방울 짜대던 뇌성소리가
말라버린 우산머리에 올라탄다

쫙~악
입을 벌리는 저수지 바닥
애타게 찾던 물
고인만큼 배가 부풀고 있다

서로 부대끼면서
땅을 꼭 껴안은 보고픈 모습
종아리에서 철석, 철석
달라붙는 농부의 뱃심이
흙탕물을 일으키며 논물을 대러 간다.

사망선고

산산이 부서지도록
뜨거움을 잃은 감정에 사망선고를 내린다
가슴을 휑하니 스치는 냉 바람은
상대방을 주시하는 움직임과
멍하니 열리는 식은 동공까지 멈추게 했다

지난 일, 주마등처럼 스쳐갈 때
그때, 이렇게 하였으면
그럴 때, 이렇게 하였다면
빈 몸으로 모든 것을 두고 가는
생의 종착지로 나는 왔다

조금만 더, 나에게 너에게
쓰다듬어 주지 못한 아쉬움을 보겠지
물질보다 관심, 배려
삶의 우선순위가 무엇인지 묻고 있겠지

자랑도 욕심도 사라지고
부끄러움과 아쉬움만 쌓이는
이 몸은 빈 것이었어

잠든 시간은 죽음과 같다며
나를 내려다보고 있어
나와 너에게 먼저 사과해보고
칭찬도 더 해주고 싶어진다

이제, 잠에서 깨어날 때
새롭게 꿈틀거리는 의지가 생기는 것 같아
내가 어떻게 생각하느냐
그 이유만으로
난, 나에게 사망선고를 내려주었다.

영정

내가 가진 시간 속에서
나이만큼 찾아온 그리움입니까
그때의 기억, 보고픈 또 다른 모습
당신을 베껴가면서 불러봅니다

시간 멈추어 그저 바라본 기나긴 날
스쳐 지나가는 것만으로
왜 눈물이 나는지 모르겠습니다

당신 품에서 당신 꿈을 캐내던
맨 처음 머물러 있던 자리
왜 그 곳으로 달려가는 것일까요

왠지, 기다림에 속아서
감출 수 없는 주름진 사진을
익숙함보다 서툴게 만져보는 이것이
당신의 품이 되었습니다

이제 와서야, 홀로 뜨겁게
처음 준 울음 터트려
부르는 나의 음성에서
당신의 그리움을 달래고 있습니다

보고 싶을 때면 달래주고
안길 때면 묻어나던
당신의 향기로 만든 채취에서
나를 달래고 있습니다

이제는 빈자리가 되었습니다.

폭염

저 뜨거운 사랑
헤아릴 수 없는 흔적들

공간을 꽉 채운 채
뒤척이다
쉬이 잠들지 못하는 열기

참아도 봤어
멀리하기도 했어
이제, 서로 미운 정까지 들었다

허공을 번갈아 보는
부대끼는 한낮

지쳐진 대로
어디론가 떠나는 몸짓
잊어진 찬바람
잊어질 대로

이 미운 정
누굴 향한 폭염일까.

해바라기

임이 아니면
누가 이 뜨거운 팔월에

뒤척이는 밤마다
상념을 달래주려

날 바라다보는
그 미소로
너울거리려 하겠습니까

텅 빈 공간을 채우려 오신
투영된 임의 모습

임이 미소 지으면
임마저
임 바라기 되기 때문에

임 아니면 멈출 수 없는 꽃

8월의 태양

잊어버릴 만큼씩
주섬주섬 길목으로 주저하면서 다가와
뿌려지는 모습들

여름, 쏟아내는 의문이 다다르는 곳에는
그저 기억을 돌려 담고 있는
끝없이 버티고 선 지평선이 평형을 가르고

한때 간직하느라
깊숙이 숨겨둔 세포들의 겉 피부는
속살을 파고드는 햇볕으로
한 뼘 더 늙은 비밀을 간직하고 있다

기억 저 너머
태양의 움직임이 또 쌓이어 가면
세상 밖 나온 매미의 울음은
언제 그랬듯 고요를 깨우려 하고

침묵해 하는 도시의 불빛은
은하수를 감추고 지나갈 뿐
생각할 여유를 주지 않고 거리를 밝힌다

8월에는 입추 말복 처서로
계절이 준 그때의 기억에
또 다시 보고픈 모습들로 돋아

여기, 내가 서 있는
한 부분에서 나를 찾아가는 그것은
계절을 닮아 가면 8월이라 그저 생각할 뿐
일상으로 멍 때리며 들어가면
인생처럼 그저 드러내 놓고 싶을 뿐

8월에 달린 생각들을 끄집어
나의 여행인 양
7월의 기억과 함께 매달아 두곤
서로 꿈을 꾸고 있는지도 몰라

당신의 커피 향

꽃잎 위에 바람이 날고
당신, 이런 날
커피 향 안고 창밖을 보네

저 바람소리도 몸짓인데
기억 한 닢을 포개어 또 날리네
고향에 걸려있는
당신이 맡은 향기 잊을 수 없겠지

옛길, 복숭아 깨물며
뛰 다니는 소녀가 되어 기억 따라 웃고 있나

누른 황소 누운 지붕 위
호박꽃 움츠려 익어가는 해 그름에
밥 짓는 굴뚝 연기가 들녘 바라보며
날아다니는 고추잠자리를 쫓아 기침을 해대었지

옛 향기, 그리움을 앓을 때는
모기향이 마당에 가득히 퍼지곤 했었지

팔베개에 주워 담던
밤하늘 쏟아지는 무수한 별들은
이젠, 깜빡일 뿐
장독대에 꽃잎이 지고
바람이 일어도 인적이 끊긴 고향

당신의 얘기가
가고 있는 그곳, 아이들 외갓집

지금, 세월은 쌓여
꽃잎 위에 바람이 나르니
일 백 리 뻗은 향이
당신의 커피잔에 담겨 나오네.

구름 보따리

하늘을 벗기려
바람이 구름을 민다

넘어질 듯
구름 다시 일어나
파~란 속살 감추곤
바람의 형상을 만들어 놀리려 한다

뭉게뭉게 딴청 부리며
솜털 같은 네 위에 올라타
한바탕 같이 놀아볼까. 장난쳐 볼까.

창공에 핀 꽃
흰 구름모자 위에 천상의 햇살은 날고
푸른빛 감추고 바람결에 뜬구름
장난꾸러기가 나오네

입술 맞대고
심술 끼 바람으로 그려볼까 낙서할까
구름에 감춰둔 보따리
요만큼 아닌 이따만큼 크게 펼쳐볼까

애들아 숨었니. 나왔니
광대놀이 사물놀이 펼쳐볼까
꽃잎의 작은 몸짓 따라 구름 만들면서도
먼저 핀 구름 떨구는 줄 모르고 웃고 있네

구름도 바람도
올려다보는 관객에 흥이 나버렸네.

미인도(美人圖)

화폭 속, 이상형
향긋한 미인

꽃향기 미소 보고파
다가선 맘

그때, 바치다
쓰러진 마음 깊어라

나 혼자
아주 먼 곳 같은 그 자리

내 마음
화폭 속 넣어
아름다워요 다가설까

망설이다 웃음 던지면
서로 마주하는 미소에
입술 열 것 같아

내 마음
화폭 속 던져두고

미인도
네 마음 보고파라

가을 편지

내 임은 그리움의 존재입니다
낙엽으로 지난날의 향수와 그리움을 적어내는
가을의 빈 가슴이기도 합니다

한 올씩 물드는 실을 풀어서
베틀 위에다 총총히 누비고 있는
단풍밖에 모르는
내 님께 편지를 써 붙일까 합니다

그 영혼을 불러내기 위해
하얀 종이 위로 접고 접어서 편
까만 글씨에 맺힌 상 그 위에다
고백하는 가을 이야기입니다

임 가슴에다
써 내려가고 있는 이 얘기는
서로 진심을 알지 못해
발아래 뒹구는 낙엽을 함께 주워보면 어때 라며
차마 권하지 못한 사연들입니다

지금까지도
아파야 할 내 그리움의 존재들입니다.

가을이 되고 싶어라

나는
가을이 되고 싶어라

사과나무 아래
난, 가을이 되어
빨갛게 속살을 태운 지난날을
따먹게 하고 싶어라

단풍나무 아래
난, 가을이 되어
뜨겁게 달군 여름 춤사위로
지난날을 물들게 하고 싶어라

나는
가을이 되고 싶어라

푸르디푸른 하늘을
올려다보는 화가가 되어
한 자락 붓으로 온 산과 온 들판을
붉고, 노랗게 칠하는
나는 가을이 되고 싶어라

나는
가을이고 싶어라

한 송이 국화꽃으로
여름을 적신 고운 물감을 들고
가을을 짜는 임 앞으로 다가와
네 가슴 베틀 위에다 물들게 하는
나는 가을이고 싶어라.

가을 여자

내 맘 물들어 오면
어여쁜 꽃잎 피워 올렸던 단풍잎 들고
봄, 여름, 그 날로 돌아가
난, 소녀가 되어 보리

그리움이 내 맘 물들어 오면
보듬어 날 키운 그 자리에 서서
떨어진 꽃잎 아파하며
내 가슴 내밀어 보리

이 맘, 데리고 놀다
붉고 노랗게 물들게 하는 날이면
연인이 되어
봄, 여름, 그 길에 달린 추억으로
씨앗을 들고 다시 봄을 키우는
가을도 되어보리

그 길, 달려가
숙녀의 가슴으로
날, 물들게 마중도 나가리

긴 여정을 마치고
나를 닮은 가을여자로 다시 돌아와서는
나의 긴 이야기를 쓰고 있는
저 물들어 있는 곳으로 가 보리

꽃망울 톡톡 터트리며
반겨주던 날은 지나갔지만
이제는 가을 앞에 서서
성숙된 나를 모두 만져보게 하리라

그리하여 날 물들이게 하는
알몸이 된 단풍나무 아래서
난 가을여자가 되어 가을을 노래해보리라.

코스모스

흰 구름 일면
날아다니는 너의 꽃잎은
하늘에 파묻은 미소

어여쁜 나에게 다가와
나의 어깨에다 가을을 물들이고

다가오라는 손짓
고운 손으로 오므리는
파란 바람결이었다

넌, 너의 긴 목을
너무 내 보이고 있다

숨긴 속마음도
온몸으로 연모하려던 얼굴에도
이미 들통나고 있었다.

억새의 상념

찬바람에 매달려
가을과 겨울 사이를 오가며
흩날리는 잎사귀가 내뱉고 있는
잘린 사계절

물들어 있는 옷깃을 세워
바라보고 있는 붉고 깡마른 시선이
봄, 여름 주워 담고
쬐는 풍경에다
회상하여 말리는 기억을 흔들고 있다

잎 하나씩 사연으로
시리게 앓고 있는 시간

열어둔 햇볕에도
겨울을 바라보고 있다

가을은 이미 멀리 달아나 있는가.

도승의 밤

물든 앞 산
피었다 지는 눈부심은
나무들이 탈피하는 모습

한 폭의 그림 속에서
빠져나오지 못한
염불소리가 번뇌를 벗기고 있다

아름다운
절정의 시간

산등성이 여문 도토리가
눈을 뜨며
애타게 깨달음을 찾아다닌다

깊어갈수록
나의 품속인 것을..

해탈로 떠나는 도승이
가을의 품속을 바꿈질한다.

가을 깊어갈수록

고운 볼, 울긋불긋
흐르는 절정으로
마음 설레게 하더니

시리게 물들이고 와서는
흔들고 있는 네 모습
밤새도록 울고만 있었나보다

너의 품속에서
더 사랑할 수 없다며
이슬 주렁주렁 저리 맺히니

사랑했다는 말로
임 실어 나른 내 마음만
점점 짧아지는 햇살에 깊어라.

국화꽃 향연

양떼구름이
갈바람 스치는 축제 자리에 나와
시린 가을을 몰아가며 웃음을 뜯어 먹는다

오색 나들이하는 웃음꽃
국화 천만 송이들

백만 송이로
임 가슴에다 물들이고
백만 송이는
내 곁에 물들이려고 앉았네

색색으로
내 품에 안긴 지나간 세월

울긋불긋 방실방실
그 가슴에는
여인네 입술도 앉았네.

그 날이 오면

새순 올라오는 날
신록은 가슴을 적셔주었고
열기 쏟아지던 날에는
수백 리 떨어진 밖 뇌성도
잠들지 못한 이 가슴 뜨겁게 데워주었지

널 보며 청춘을 다듬던 날
호기심으로 들여다본 감정은 터져 나왔고
오색물감으로 물들어오던 날에는
세월로 붓질해 다가와서는
시리게 앓는 가슴앓이로 날 물들게 하였지

어떤 사랑은
폭풍이 몰아칠 듯
붓끝으로 일기장을 넘기며
상념의 파도로 이어지는데

어떤 사랑은
푸르디푸른 색으로 올려다보며
낙엽으로 내 품에 안겨들고 있었으니

사랑은 받는 것이 아니라면
겨울도 오겠지

삭풍 부는 그때가 오면
한 뼘 더 자란 사랑 들고 너 마중나가리.

낙엽 들추다

생일상 차려
축제를 열었던 풋풋한 내음
한가득한 자태로
너는 봄을 노래하였다

햇살이 네 몸을 탐닉하며
태워 갈 때는
싱그러운 초록 조각 한껏 뽐내며
신록을 예찬하였다

폭풍우 몰아치는 뜨겁던 여름날에는
푹푹 찌는 짜증, 송송 날려주며
너는 여름을 노래하였다

내 곁으로 와
짝을 찾는 노래를 부를 때는
속살을 찌워 나누어주고는
모든 생명의 축복을 빌어주었다

이제, 네 몸이 흔드는 날이면
물들인 온 산에서부터
속살이 떨어지는 갈바람이 분다

그 속 들추니
사랑한다던 그 약속도
물들인 채 있는 낙엽도
발에 밟히는 보낸 편지의 그림자였다.

가을, 낙엽 사랑

떨어진 낙엽 주우려다
바람까지 집어 들었더니
시린 손끝에
바람이 스쳐 울고
낙엽도 그리하더라

우리 사랑은 늘
시간에다 과거와 미래를 만들어
만나 헤어져 있는 방식이었어

단풍과 낙엽으로 구분 짓고
첫눈을 기억하는 넌
겨울 앞에 선 가을이었지

앞 산 구름이
낮게 내려오는 날이면
하늘이 벗겨질 때까지 넌
애틋한 사연이라며 기다리고

얼어, 추억을 저장하는
벗겨진 몸에 새 옷을 걸치는 날에는
난, 축제를 베풀면서
우리 사랑 함께하자며 끄집어내 보이겠지.

봉인된 문

하얀 구름이
겨울의 문턱 앞을 서성인다

살얼음에
푸른 하늘이 얼고
사랑과 이별도 얼고

흐르는 계곡물에다
낙엽 달래는 소리
눈물 씻기는 걸 아시려나

말라 퇴색된 고운 빛깔
비틀어진 색동옷
녹여 흘려 보내는 줄 아시려나

늘 자랑하던 옥색치마
사랑과 이별로 떨구고
떠나지 않으려고 밀고 당기시는 걸

아~ 사랑도 내 임, 이별도 내 임
꽁꽁 얼리려 봉인된 문을
가슴 눈물 흘리는 걸 보고
시린 바람 열고 말았다.

꿈을 꿔

일상의 소리가
밤마다 소곤 돼

나조차도 모르게
내 맘이 달려가고 있어

내 맘이 너를 찾을 때까지
너에게로 떠나는
아름다운 세상

보여주지 않아서
난, 달래주는 가슴이 없었나 봐
사랑한다면서 사랑하였다고
고백하려는 감춰진 액션은 없었나 봐

매일 꿈으로 부르고 있지
이제 와서야
피고 떨어진 세월을 아파하고 있지

아마도 꿈꾸는 겨울은 봄일 거야.

임은 저 멀리 있는가

가을 햇살에 그을린
농익은 붉은 허물은 다 어디로 가고
노란 이삭만 외로워하는가

서리, 멍울, 한파까지
생존시험을 치르는 씨눈들은 다 어디로 가고
꽃눈만 괴로워하는가

겨울빛으로 내려온 당신은
저 멀리 있고

뒤돌아보면 항상
당신은 내 몸을 휘감고
세워두고 던지는 눈은
사랑의 온도를 측정하기 위한 시험이었다

누구도 풀어주지 않는 시험을 마치고
누구도 닦아주지 않는 눈물을
씨앗은 가졌다

나의 임은
나의 외로움을 측정하는 시험대를 세웠다

임은 저 멀리 있는가.

겨울 달빛만 사랑인 줄 알았다

임의 채취로
꽃눈은 알았나 보다

낙엽 흩날릴 때
가슴 무너지기 전에
휑하니 뚫어, 살얼음 채우고

겨울을 이기면 얼음이 녹아
다시 볼 수 있다는 귓속말
꽃눈은 듣고 있었나 보다

눈을 뜨는 겨울 달빛만
은쟁반 위 얼음 가득 올려다 놓고
구름에 가려진 얼굴로
밤마다 임의 창문을 분칠하면서
꽃눈은 내 가슴 드나들고 있었나 보다

단풍 떨어진 곳, 여기에도
낙엽 훑고 바람 지나간 자리, 여기에도
바스락 소리가 산야로 흩어지는 여기에도

창 넘나들 때마다
낙엽이 얼음에 갇힌 채 잠들어 있지만
꽃눈은 알고 있었나 보다

시린 밤바람에 얼고 있지만
꽃눈은 이미 알고 있었나 보다

남극의 빙하가 녹아내리는 것을
임의 채취로
꽃눈은 녹고 있었나 보다.

시인의 겨울

네가 없으면
시는 어디에 있으리오

네 가슴의 고뇌를 몰라주고
내 가슴만 고뇌하면
시는 어디에 있으리오

네가 있어 사랑을 알았으니
내 눈물 흐르게 되고
네 눈물 알게 되었다

사랑을 알았기에
여기 얼고 있는 공간마저
고립되지 않고 묶여있지 않았다

널 품은
시인의 가슴은
항상 고백으로 따뜻하였다.

백 년의 사랑

정화수 떠 놓고
젖어있는 가슴아

천명을 받드는가

마음 씻기는
너의 위로가 깊어 간다

외로움도 동행하려
마음 올려
살아있는 사랑아

겹겹이 쌓인 계절과
세월로 붙잡고 있구나

보고픔이
녹고 삭아서
넌, 천명이라 받들고 있구나.

허상

영혼 열어둬도
허전한 마음

사물은
이탈되었다

벗어난 절제는
이탈된 그림자에 만들어졌다

눈을 좋아해
하얗게 밟는 것이라 했어

눈을 싫어해
밟는 것을 시린 것이라 했어

자각하는 시간을
독살하면서 자학이라고 했어

영혼 속에 가득 찬
이별이 남길 상실로 빚는 상

나뭇가지엔
꽁꽁 얼은 홍시만 있었고
겨울 땡감은 달려있지 않았다.

우주

하늘빛 모두 덮어쓰고도
선과 악의 양 끝이 구분되지 않아
극단을 향해 달려가고 있는 곳

진실과 거짓 모두 충격적일 수밖에 없는
그야말로 방황하다
어쩌다 발견되는 그 자체도 미지인 곳

그 높이와 깊이를 알지 못해
그 넓이 빛으로도 가름 어려워
그저 경이로움만 확장되는 곳

어느 지점인지 모르는 체
시간 앞에 진리와 정의마저 편협이라며
어둠의 파편으로 흩어져 있는 곳

아주 작은,, 그 안에서도 아주 작은
생각이 헤매다 다다르면
상상도 붕괴되고 창조되는 곳

점점 더 알아가는 만큼, 점점 더 확장하여
부족한 언어로 시어의 무덤만 존재하는 곳

임은 나의 우주를 가르고 있다.

겨울

임의 이름으로
얼마나 걱정했는지 모릅니다

가을을 무너뜨린 임의 행동에
나는 슬픈 노래로 달래야만 했습니다
여린 싹이 일어나지 못하도록
추위로 시련을 주는 임의 모습에
나는 또 당황하였습니다

아마도 직선적인 행동만 보고
임을 판단한 것 같습니다

임이 얼마나
감성적인 사고와
곡선적인 아름다움을 가졌는지
봄으로 가는 길목에서야
임의 눈물을 보았습니다

쉼 없이 달려온
지친 나를 돌아보라며
쉬어가라는 임의 이름자를
이제 알 것 같습니다

봄 여름 가을 가꿔온 지친 몸을
포근히 안아주니
눈물이 날 것 같아 더 그런 것 같습니다

임의 이름자에
고약한 성질만 들어 있는 줄 알고
얼마나 걱정했는지 모릅니다

따뜻한 봄이 어디서 나오는지
임의 이름으로 알 것 같습니다.

정월 대보름

달아달아
우리 가족 소원 꽉 채워 올라라
빌어볼 수 있도록

소원 하나는 엄마 거
소원 하나는 아빠 거
동생 거 먼저 무엇인지 들어볼래

나 좋아하는지
나 예뻐하는지
밝게 빛나는 걸 보니
여기 다 담아 빌었나 봐

달아달아 웃는 모습으로 올라라
시름 앓는 걱정
꽉 묶어 날려버릴 수 있도록

걱정 하나는 내 거
걱정 하나는 동생 거
아빠 거 먼저 무엇인지 들어볼래

나 속태운 거 난 알고 있는데
밝게 빛나는 걸 보니
여기 다 담아 날렸나 봐

달아달아 우리 가족 소원
모두 모두 꽉 채워 올라
내 소원 들어줘
동생 소원 들어줘
엄마 소원 아빠 소원 다 들어줘.

봄볕

그리운 고향에
내 마음 쌓아두면
어릴 적 기억으로 닿을 수 있을까요

꽃봉오리에
천리향 실어 보내면
어릴 적 추억으로 터트릴 수 있을까요

가슴속 사랑아 ~
어릴 적 추억으로 노는 사랑아
널 데리고 와서는

앞산 파묻은 속살을
앙상한 나뭇가지에 내걸고
봄볕으로 키워내렵니다

젖은 추위에 서서
가슴속 꽃 피우려거든

그대밖에 몰라요
내 품에서
봄볕으로 나오면 말해주렵니다.

매화 물들다

지나간 날
잠들어 있는 나를
흔들어 깨우는 그대여

그대는
얼어붙은 심장을 만지는
손짓하는 봄인가요

그리움 서로 갖고
온기로 꽃망울 맺게 하는
겨울 녹이는 차디찬 이슬인가요

보고픈 맘
그것으로 사랑을 깨운다는 걸
다 알아요
그게 사랑이라는 걸

꽃이 되어야
터질 것 같은 꽃망울을
열 수 있다는 것을
가슴 물들어 하는 사랑이라는 걸

봄비로 임 오시나

봄비 깨우려는
하늘빛 몌 감는 구름아

넌, 숨을 몰아 대지로 달려올 때는
부르다 부르는 힘찬 소리로
고운 빛 머금고, 그토록 갈구한 이름으로
방울방울 가슴 내밀고 날 부르고 있었어

넌, 봄비로 나의 눈을 맞추고
내 가슴속을 바라보듯
환희의 눈물을 흘릴 줄 아는
두드림으로 곧 비워낼 것 같은
봄비를 쏟아내고 있었어

얼은 땅 녹여가며
굳은 심장에도 숨이 돌게 하였고
기다려야 했던 느린 맥박 또한
가파르게 뛰게 하였어

봄비 내리던 날
넌, 날 불러내어
서로 얼굴을 마주하면서도
흘러내리는 빗물에 서린 모습에서는
난, 네가 생명을 잉태하고 있는 줄 몰랐어

내 가슴에 파릇한 싹이 올라오고
벚꽃이 만개하는 날에서야
넌, 나의 임이 되어 말하려 했었어

봄비로 꽃을 그려
생명을 불어넣고 있다고..

봄 각시

그 시절의 너는
봄 달래어주었던 새색시 얼굴로
그때 머물고 싶었던
최고의 추억들로 흐드러지게 만개하여
아지랑이 문 두드려주는
봄으로 맺히는 새로운 세상이었다

저 길 따라나서도
여기저기 파릇파릇한 눈길로
봄에 흠뻑 젖어있는 마음으로
여린 연두색 옷 입고 반기며 따라나서는
새순이기도 하였다

그리고 또 너는 버려진 뜰에도 찾아와서는
저 너머 먼 기억들을 품어
마치 여태 한 번도 가보지 않은 그길로
함께 피어나려 하는 들꽃이기도 하였다

난, 언제 저 멀리 있는
봄 새색시들 가슴을 만나
지난 세월을 담을 수 있을까

너는 새순으로 피어나
새롭게 눈 뜨며, 봄 젖은 마음으로
가득한 향기로 손짓하는데
나는 선뜻 알아보지 못하였다
각시라는 걸.

꽃비

봄날의 햇살이 터질 때
무색으로 반겨주는 빨주노초파남보
꼭 붙잡은 가슴에다 널 가두었지

화려하고 일그러진 초상화를
그려보라 하는 겨울의 기억에서
연출하는 눈물이 피어날 때도 그랬지

가슴 마디마디 본능에 분질러 담은
그 색으로 꽃은 이름으로 꽃말을 걸었다

봄비가 꽃비로 떨어지던 날
어이할꼬
분질러 담은 색 흐르는 걸.

봄비 걷다

봄비, 앞산을 뿌옇게 지우는
이유 있나 봐

운무로 걸어와서는
햇살 부서지는 저 산을 가리키며

목메어 흔드는 연초록 잎을 들어
백색으로 가늘게 한 자락 춤꾼으로
떨어지니 감출 수 없어라

봄비
저 산으로 등 돌려 할 때

떨어진 꽃 위에다
철없는 눈물 펑펑 쏟고
춤사위로 그리 내리면

그대가 나보다 더
맘 감출 수 없어 하는 것 같더라.

봄기운

옷깃을 세우는 비밀이야말로
베일에 감추고 싶은데

꽃으로 오르락내리락
너랑 맞물려있어
어찌할 수 없지요

계절을 따르자니
춘하추동
그렇게 불러야 하지만

봉오리에 화려함이 터질 때는
꽃에다 대고
사랑이라 불러주면

우린, 어둠을 뚫고
향기까지 피울 줄 알지요

봄은 이렇게 다가오지요.

가슴에 하나쯤은 있어야지

사랑이 빠져나가면
살려낼 수 있도록
가슴에 하나쯤은 있어야지

아픔이 넘쳐 와도
보듬어 줄 수 있게끔
가슴에 하나쯤은 있어야지

기다려도 오지 않을
추억 일지라도
가슴에 하나쯤은 있어야지

맡겨둔 것이라도
마음 달랠 수 있다면
하나쯤은 있어야지

너 하나쯤
끄집어내어도 아파하지 않을
세월 보냈으니

너 하나쯤 안고 있어야지.

꽃비 내리던 날

품 자락
아기 재롱

한 잎 한 잎
소복이 떨구고

멍울멍울
물 가슴 달았다

꿀단지에
키운 모성
채웠다 흐르니

꺼낸 가슴
눈물 맺혀 재운다

들킬까
꽃비 내린다.

각시 꽃

뜰에 핀 이야기가
소곤소곤
이미 알고 있는데

듣다 보니
꽃에 취했지 뭐니

난 알았어
우리 각시 향기라는 걸

마음

잡을래야
잡을 수 없어

거울에 비춰도
나오는 형상이 없어

물질이 아닌
허공과도 같아라

빚어도 빚어도
비친 상으로
이내 것도 만질 수 없어라

바람같이 스치다가
구름같이 흘러가니

순간순간
부딪혀 맺히는

이슬이었다가
비로 될 수 있다 하는
희로애락이라고 하더라.

회상

수많은 별들로
저편 어둠을 태우면
밝기는 같을 수 있을까

서로를 바라보는 빛으로
만질 수는 없다 하더라도
오래도록 볼 수 있다면
기다림으로 얘기할 수는 있겠지

같은 뿌리에서
식지 않는 별빛으로 태어나서
머리로는 이해되지 않더라도
널 안고 있는 가슴이라면
우린, 서로 얘기할 수도 있겠지

그냥 흩어져 없어지는 것보다
널, 기억해주는 빛으로
불러낼 수 있다면 더 좋겠지.

석등

넌 가슴이 없어도
뜀박질하는 심장으로
날 안고 어둠을 깨우지

빛이 바래질 때까지
밝히기 위해서가 아니라
어둠이 놀라지 않게 어둠으로 이어가지

익은 과일의 즙을 꺼내 마셔보라는 것도
나 홀로 여문
씨눈을 깨우기 위해서이지

내 눈 속에 머문 너
불 켜놓고

넌 밝히는 것이 아니라
인연으로 거듭되는
나의 윤회를 깨우기 위해서이지.

노을 꽃

흰 구름 내 마음
푸른 도화지 위에 올라
창공에 피어나 흩어지니

내 님은
누비는 나의 가슴속
두드려 열고 들어와서는

짝사랑 살포시
태우는 자취
옷자락 활짝 떨구어주네

여태껏, 인연의 무리 속에 남아
구름 비치다 흐르는 바람결은
무정하리만큼
짧은 순정을 내뱉곤

이제는 태우는 노을로
서로 화려하고자 붉어져 가네.

저 꽃잎이 흩날릴 때

갈바람 되어
당신의 눈 속에 빠져보렵니다
꽃잎 앞에서
당신의 눈물받이로 이 가슴 풀어보렵니다

이렇게 계절이 익어 넘어갈 때는
내 멍울진 가슴도
당신을 따라 걷나 봅니다

힘들어 애써 감추려는 빛바랜 꽃잎이여
하나씩 떨구는지
나는 모르겠습니다

저 꽃잎이 흩날릴 때

당신의 모습 떠올리며
나는 왜 아픈지 모르겠습니다

들녘에 핀 꽃을 좋아한다고
당신이 속삭일 때는
나는 왜 눈물을 감추려 하는지
나는 모르겠습니다

열대야의 밤

당신의 별이
내 가슴속을 파고드는 밤
소리 없는 유성의 비명이 밤하늘에 오른다

뜨거운 체온으로 하늘을 감싸고
모든 존재를 일깨우기까지
숲속으로 걷는 빈 찻잔을 들고 와
사색의 커피를 채워주고 떠난다

당신을 알지 못하였다면
달빛으로
난, 이 밤을 알지 못하였으리라

사랑을 알지 못하였다면
난, 당신의 별이 내 가슴속을 파고드는
이 밤을 즐기지 못하였으리라

열대야의 숨소리가 무심한가
당신이 무심한가
별이 가슴을 파고들어 밤을 밝히는데

고추 한 잎

뜨겁게 달군
한 조각
땡볕 떨어지는 매운 맛

밭고랑 샛길도
붉은 태양 덮어쓰니 땡볕이구나

등 구워대는 팔월이
고추 한 잎 물고
바람에 흔들어야 하는 이유

붉은 땀내
소낙비는 그 맛 좀 알겠구나.

별이 떨어지는 밤

실개천 눈을 뜨는
까만 가슴이
나의 별 따라가면

기억을 먹은
페르세우스 유성우가 떨구는
그리움의 저편에 서서

창밖을 보고 있는
여자의 눈동자에서는
밤하늘의 별똥별을 쏟아낸다

난, 너의 별이 되고파
마른 꽃잎 위로
봄날에 핀 애증의 결핍을 들고
다가서려는 간절함

서로 밀치고 당기는
네 가슴에는
나의 별이 수놓은 별똥별

소낙비 창 두드리고

재색구름 물 한 동이
고유의 욕망 머리에 이고
창 두드리고 선
우리 둘 사이 내리는 소낙비

서로 바라보다
창 다가선 애절한 마음
천둥소리 지르면 알아보실까

네 손 적시지 못해
방울방울 떨구는
맺힌 빗방울

우리 둘 사이
창 열어 달라 흐르는 연서에
소낙비는 계속 내리고

가을의 주문

서로 마음 가져다 뿌린
고운 빛 떨구는 꽃밭으로 가면
너울거리는 피사체가
생각을 읽으며 바이러스에 증식한다

가을을 유혹하는 마음은
무지개를 쫓아가는
터져버릴 것 같은 석류 알갱이

땡볕에 흘린 땀방울로
맺힌 그리움이 없다면
그건 익어가는 사랑이 아닐 거야

이 순간이 전부인 양
고행을 마친
서로의 마음을 불러내고 있다

여름날 벌어진 틈으로
사람이 익어간다
가을이 익어간다

내 너를 가졌건만

넌 나를 품어

눈을 뜨는 아침
방안 가득 햇살 채웠건만
상긋한 향기로 창 너머까지 채웠건만

난 너에게
고맙다는 표현 못했다
따스함에 대해서도 말하지 못했다

너의 품에 안겨
내 너를 가졌건만

넌 나의 품에서
머금고 있는 고운 색

가을 짙어진 눈물마저 단풍잎으로
나의 품에 안겨
나를 가져버렸구나

내 너를 만들었으니..

허수아비

비벼대는 들녘을
들고 와

말뚝 짚고
온종일 걸어 다녀도
배고픔 없는 황금들판에서

빈 가슴 시리도록
잠든 영혼을 깨워 눈 뜨고 싶다

가을을 소리쳐가면서

가을 참새가 물어 나르는
지저귀는 소리를
너의 눈으로
첫서리 내릴 때까지 듣고 싶다

추억 자락으로 꿰맨 너를
어루만져가며

휘이휘이
여름날 불러 세운 그 이유를
둘러보고 싶다.

고갯마루

짓눌린 세월이라며 후회하지 말아요
걸어오면서 기뻐한 적 없나요
올라오면서 좋아한 적 없나요

나 홀로 걸어왔다지만
눈길 넓히면 너랑 함께 하였잖아요

흘러가는 세월 막아서지 말아요
지나간 첫사랑에 설레본 적 없나요
흘러간 청춘만이 젊음인 적 있나요

나 홀로 올라왔다지만
귀 기울이면 너랑 함께 하였잖아요

내리막길에서는
절대로 후회하지 말아요

고갯마루에서 보면
땀 흘린 세월 후회하지는 않아요.

만추

그리움으로 너의 품에 앉아
뙤약볕 아래 갈증을 견디어 낸
지난날의 역경을 나누고 싶다

붉게 물들어 있는 너의 품에 안겨
기다림으로 앓았던 깊은 상처의
아문 흔적을 매만져 주고 싶다

가을을 향해 경배하는 만추가 되어서
단풍 한 잎 열매 한 알로 달래보는
너의 그리움이 되고 싶다.

시월의 노래

햇살의 그림자여
그대 향해 물든 가슴이여

한여름 떠난 임을 불러내
가슴 적셔 내리는 가을로 떠나려 합니다
등 굽은 긴 사연 머금고
단풍이 물들기 시작하는 가을로 떠나려 합니다

당신 옆에서 무심코 지나친 하늘을 향해
하나씩 둘씩 가을의 기억을 쪼개어가면서
산촌 들녘으로 날갯짓하는
부둥켜안은 오색빛깔 맺히는
시월의 가을로 떠나려 합니다

오늘과 내일
가을이 더 쌓여 가슴에 내린다면

가슴 뿌리째 들어 올리는 긴 편지를 써서
그 깊이마저 알아볼 수 없게
낙엽으로도 더는 전할 수 없게
한 상 가득 차려 물들어낼까 합니다.

갈바람

열어 닫히는 계절에
풍광으로 따내는 지진 내 가슴에는
바스락 바스락
한 잎이라도 더 흩날리는
독백만 쌓이고

흙 익는 길에는
붉게 담근 잎

사랑 팽개친 한 구석엔
쌓이는 낙엽

그 햇살 밟고
지피었다가
떨구어 주워대는 임 곁으로
사색하려는 바람이 일고
달아나는 바람이 분다.

단풍 아래

봄 머금고 내 달려온
한 자락 내 가슴이 하늘에 멈추고

물든 뒤안길 바라보니
그냥 붉어지는 게 아니었더라
떨구는 낙엽 주워보니
그냥 떨어지는 게 아니었더라

겨울 눈 속마저 뚫고 나온
너의 태동에 감탄하였고
목마른 사막과 폭풍우를 이겨내는
너의 인고에 또, 감명 받았으니

이 모든 걸 견딘
너의 양분과 너의 채취가
씨앗으로 떨어지면
으스러지도록 껴안고 주워 올려
내 가슴 내어 물어보리라

물들어 있는 감성이
잎에서 토하고 터져 나올 때
그 인고를 하늘에다 여쭈어보리라

봄을 품은 씨앗 한 알이
치러야 할 그 과정을 돌아다보며
내가 왜 긴 탄성을 지르고 있는지
내 가슴에다 물어보리라.

낙엽이 걷는 밤

이 밤을 따라가면
낙엽 밟는 소리는 달빛을 파고드는데
스치는 바람은
흩날리며 지난날을 그리워합니다

수많은 사람들로 스쳐간 공간이건만
잠들어 하는 모습에서 가슴을 달래는 난,

나의 옷깃을 스친
당신을 만나러 온 나와 마주하며
서로 내밀었던 손을 잡아봅니다

지난날을 떠올리면
봄여름 가을로 꿈을 꾸었지요

당신이 원하는 봄여름
당신이 원하는 가을로
소낙비 같은 사랑을 갈구하였지요

뜨겁게 달군 계절이 지나고
이젠 가을마저 품을 떠나려
하나씩 하나씩 낙엽 밟는 소리로 아픈가 봅니다

사랑이 식어갈 것 같은
추억이 떨어지며 아파하는 오늘은
꽁꽁 얼어붙을 것 같은 겨울을 걱정하며
더 큰 사랑을 갈구해봅니다

아마 겨울은 사랑을 익히기 위해
당신과 나에게 다가오는 것 같습니다

시련을 감내하라는 벌거벗은 나무와
낙엽 밟는 소리로
서로의 사랑을 겪는가 봅니다.

별이 흔들리는 밤에

별들이 깨어나기 전
세월에 늘려있는 내 사라진 자취가
한 송이 꽃을 머금고
마치 동토의 빗장을 풀어 헤치듯이
임 가슴을 만진다

입김을 불어 넣으면 퍼지는 온기로도
그려 채울 수 있을 것 같은
낮달이 얼어가는 계절을

이제는 부대껴야 할
내 가까이 요동치는 꾸는 꿈들만
구름 방방이질 한
그 깊이를 잰다고 있다

심장의 무게로 소곤대며
세월에 눌려있는
젊은 눈동자로 꿰어보는 허공은

마치 얼어 있지만
녹여 넣을 수 있을 것 같은
내 사라진 채취로 맴도는
날 깨우는 청춘이여

날 들여다보고 날 잉태한
임을 두드려 별들을 깨워보리라.

피아노 건반

낮은 소리 높은 소리가
건반 위에서 춤을 춘다

짧고 긴 소리
슬프고도 밝은 곡조가
건반 위에서 울고 웃는 삶으로 춤을 춘다

고운 자태를 덮어쓰고
세월을 지핀 울림과 떨림

아름다운 노래에 실어
익어가는 그 과정 마디마디
교차하는 손가락이 가슴의 불을 지핀다

건반 앞에 선 그대여
봄빛을 바르고 선 그대여
긴 밝은 소리는 보석이 되어주오

내 삶을 바치는 곡조를 꺼내
당신을 위해
춤추는 건반을 두드리고 싶소.

송년의 기도

떠나는 당신은
나에게는 어떤 존재입니까

한해를 뒤돌아보니
건네던 미소, 그 몸짓 하나도
이제 알 것 같습니다

말 한마디조차 드러내지 않았지만
내게는 과분하였던 것 같습니다

이제는 당신의 고마움을
그리워해야 할 것 같습니다
가슴이 뛰어간다면
담아서 그리워도 해 보렵니다

나에게 베푼 모든 것들이
소중하였다는 것을
고마워요 라고 말할 수 있는 용기를 내 봅니다

서로가 가꾸어서
어떤 계절은 꽃을 피웠고
어떤 계절은 열매를 맺었는지
세월이 던진 인연들을 고이 간직해 보렵니다

그 향기 새해에도
내 품에서 그리워하겠습니다

감사하고 고마웠습니다.

버리려고 하지 말자

한때라도
널 좋아하였다면 버리지 말자

한때라도
널 가져보았다면 그건 더욱 버리지 말자

한때의 기억을 더듬어
그렇게 하였다면
세월이 그 기억을 왜곡하려도
고마움을 잊으려 하지 말자

추억이 깃들었다면
새순이 낙엽이 되더라도
더위를 식혀준 그 고마움을 더욱 잊으려 하지 말자

날 여기까지 이끌어 주었으니
이별이 시작되더라도
추하다 하여 버리는 변명은 끝내 하지 말자.

홍매화

먼 산 아지랑이
우쭐대며 실어 나르는
솔향기 가득한 곳에

홍매화에 눈접 붙인 백팔번뇌가
찬 서리 내리는
화엄산림의 문을 연다

꽃망울로 출가하여
참 삶의 여정에 나서려 함인가

꽃으로 필 때는
수도승도 일체유심이요

봉오리 열어 중생을 반길 때는
네 모습이야말로
법문을 열고 있음이랴.

봄을 기다리는 마음

낙엽을 모아서
봄을 기다리는 마음으로
고백의 편지를 쓸까 합니다

가을 지나도록
흩어진 그대의 그림자가 쌓일 때까지는
우수수 떨구어 흘린 기억들을
한낱 남겨진 물질이라 생각하였습니다

이별은 이미 시작되었지만
마지막 잎사귀가 창밖을 기대도
추억의 끝부분이라며 흔적을 외면하였습니다

드러내 놓지 아니한 인연까지
겨울로 가고 있음에도
대수롭지 않게 생각하였습니다

내 안에 네가 있는 것이
낙엽으로 윤회를 거듭할 때도
나의 메마른 감정은 그때까지도 몰랐습니다

봄을 기다리면서
이제 그러하지 않겠다고 다짐해봅니다
한 생의 꽃으로 잠시 피어나더라도
다시 인연으로 맺어지기를 원해봅니다

봄은 알고 있겠지요
인연이 어떻게 왔다 가는지
마음을 열면 조금씩 깃들어오겠지요

봄꽃봉오리 활짝 피면
그때는 알게 될까요
봄이 기다려집니다.

하늘과 구름

하늘이라는 이름보다
작은 가슴이라도 쪼개어
서로 바라볼 수 있는 구름이고 싶다

너의 곁에서
수시로 뭉쳤다 흩어지지만
날 담아둔 큰 가슴에서
일렁이는 그리움을 만드는 구름이고 싶다

때론 비와 눈으로
한 무리 물안개 피어나는
노 젓는 강가로 와 있더라도

세월로 알게 된
시린 눈물을 흘릴 줄 아는
하늘 아래 낮게 떠다니는 구름이고 싶다.

하얀 눈 내리는 날

떠다니는 순백의 영혼이
작은 별무리로 내려와
나풀거리는 바람 속

움직이는 동작은
내 내민 모습
추억을 찍는
눈 위에
우리 사랑 뛰놀고

네 모습에 반한
우글거리는 청춘들이

끓는 가슴
젊은 눈동자를 그려가며
하얀 눈 위에
모은 첫사랑을 뒤집어쓴다.

눈 내리는 바닷가

심연의 소리
파도가 열었더냐

눈 비비는
봄 향기
철썩거린다

따스한 햇살
그리워하는 내음에
드러난 발자국

파도에 쓸려가는
우윳빛 진주 모래알

여름날에는 몰랐네

눈 내리는 바닷가에
눈 녹은 마음

독백

거울 속에 눈 맞춤하는
시선 한 점

꼭 닮았네
서로 갈구하는 모습

투영된 그림자까지
베끼려는 너는
나의 통로

미워할수록
달아나는 시선도
좋아할수록
가까이 안겨 오는 시선도
꼭 닮았네

그 모습
겉만 열고서

매화

이미 가슴은
한설에도
수놓은 흰 속살인데

차곡차곡
싸여둔 그리움에
넌, 물들어

짙은 화장한 꽃봉오리로
앙가슴 터트리려 하는데

아~ 반기는 내 님은
그리움에 익어 흩날린 꽃향기

그 속가슴 태우다가
날 불러 세우시네.

꽃 삼월

삼월, 그 향기
스쳐가도 몰랐네

사월이 노니는
그 곳에

다가서 보려 해도
이미
떨어진 꽃

짙게
남은 잎에 그 향기

삼월
그 향기

꽃 멍울

하나씩 하나씩
그리움 깨워서라도

내 맘속
보여드리고 싶어

너에게
내가 있다는 것을

말하지 못한
긴 기다림

이제 가슴을 열어
보여드리고 싶다.

오월을 기다리면서

널, 좋아하지 않아도
사랑하지 않아도
너는 나에게 다가왔어

좋아한다, 사랑한다
어색한 말 한마디 건네지 않고

배고픔이 달려들 때는
청 보리밭을 가리키면서
너는 나에게 기다리도록 하였지

배고픔이 채워갈 때도
모심는 들판을 보여주면서
너는 나에게 기다리도록 하였어

기다릴수록
오월은 익어가고
나까지 익어가도록 만들었지

좋아하지 않아도
사랑하지 않아도
익어갈수록..

나는 기다림으로
너에게 돌아와 있었지.

의문

산에는 산을 품는 이가
바다에는 바다를 품는 이가 말했다

시심을 품어야 시를 만나고
시를 품어야 시심을 만날 수 있다고

너를 품을 수 있다면
너를 만날 수 있겠지만

나를 품으면
나를 만날 수 있을까

내가 나를 만나면
나는 나를 품을 수 있을까.

오월의 향기

여백을 채우는 짙은 색은
누구의 향기이길래
덜 익은 눈물로 흘러내리려 합니까

내 가슴을 빌려
화가의 가슴에다 짓무르는 그리움을
왜 그렇게 내뱉으려 합니까

푸르른 공간에다
오월의 향기로 찍어내어야
자랄 수 있는 것도 아니지 않습니까

짙푸른 향기를 기다림으로
더 오래 볼 수 있다면
나는 성숙해져서
당신과 얘기할 수 있겠습니다

피는 꽃을 두고
여미는 당신은
봄을 꺾는 오월의 향기입니다.

죽도록 사랑하고픈 날에

저 꽃잎 위로
춤추는 오월이 아프지 않도록
빛바랜 내 젊은 청춘을 꺼내 사랑하고 싶다

낯설은 당신을 만나
설렘으로
나의 시린 사랑을 고백하며
어루만져드리고 싶다

당신을 만나기 이전
서로 사랑한 사이가 아닌
이방인으로 당신을 만나더라도

사랑은 아픈 것이라 말하며
내 가슴으로 안아드리고 싶다

흘러간 세월을 쳐다보며
미안해요 마음달래는
당신을 사랑하는 내 젊은 나를 만나면

못다 한 사랑
가득 채워드리고 싶다

오늘 그리고 내일에도
죽도록 사랑하고픈 날에..

스쳐간 바람을 읽다

서로서로 그려보려 했던
한 발짝 앞 미지는
일렁이는 수많은 추상화이었습니다

조아리는 시간마저
공간 속에 머무르지 않고 그 일상들은
날개 단 녹슨 시간을 만들어내고 있었습니다

맴도는 제자리는
기다려주지 않음을 알지만
스쳐간 지난날을 마주해봅니다

좋아한다 말 한마디
아껴둔 체
사랑하고 있다는 말 한마디
더 많이 사용하지 못한 미안함이 스쳐갑니다

못 잊을 뒤안길
서로 가슴 적신 것은
그것은 열정과 청춘만이 아니었습니다

이해하고
서로 격려해 준
따뜻한 말 한마디 이었습니다.

아내에게 바치는

시와 고백

김철민 시집

2019년 9월 23일 초판 1쇄
2019년 9월 26일 발행
지 은 이 : 김철민
펴 낸 이 : 김락호
디자인 편집 : 이은희
기 획 : 시사랑음악사랑
연 락 처 : 1899-1341
홈페이지 주소 : www.poemmusic.net
E-Mail : poemarts@hanmail.net

정가 : 12,000원
ISBN : 979-11-6284-138-9